安武林作品

星星的秋千

安武林/著

山东教育出版社

安武林

　　山东大学中文系毕业，中国作家协会会员，中国寓言文学研究会副会长。出版过小说《友情是一棵月亮树》《深夜吉他声》，散文集《长大最好做一条书虫》《书里藏着的秘密》《肚子里的虫子》《风吹过，依然美》《五月的麦田》，散文诗集《梦从远方来》《月亮花》，童话集《一只想做强盗的猫》《老蜘蛛的一百张床》，诗集《月光下的蝈蝈》《树上的眼睛》《树都在干什么》，随笔集《爱读书》《在厕所读书》，绘本《麻花小熊》等百余本个人专著。荣获过全国优秀儿童文学奖、张天翼童话金奖、冰心儿童图书奖、陈伯吹儿童文学奖、文化部蒲公英儿童文学奖等。作品翻译到美国、越南、新加坡等地，被收入多种中小学生以及幼儿园辅助教材。曾被《中国图书商报》评为"十年优秀书评人"。

在窗台下面，

在墙角旁边，

有一株杏花树，

开满了杏花。

白如雪，如笑颜，

开得灿然。

岁月是一道难以逾越的墙，

但嘀嘀嗒嗒的闹钟每天都在凿着这面墙。

茫茫白兔

那些好吃的东西，

能融化残存的檐冰。

那些崭新的衣服，

能激起兴奋的尖叫声。

窗花一开，

童年最喜欢的年蹦蹦跳跳就来了。

目　录

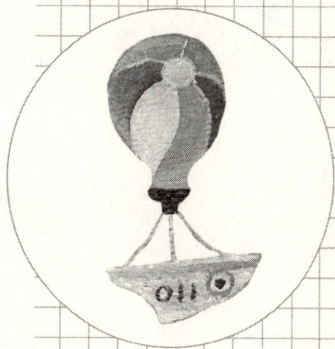

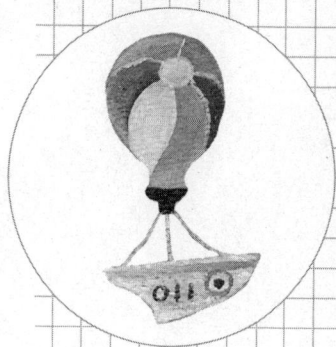

扎一个小小的篱笆

在春天，扎一个小小的篱笆。

用那么几根树枝，轻轻一插。

种下一株樱桃树吧，它刚发出小小的芽，刚长出小小的叶。

在春天，扎一个小小的篱笆。

用那么几根树枝，轻轻一插。

种下一株香椿树吧，它刚冒出小小的尖，刚长出小小的芽。

小花狗，站在我的身后，兴奋地流着口水，吧嗒吧嗒。

在春天，扎一个小小的篱笆。

用那么几根树枝，轻轻一插。

星星的秋千

种下一株花椒树吧，它刚抽出小小的叶，刚开出米粒一样小小的花。

小花狗，站在我旁边，兴奋地摇着尾巴。

小花狗，你也想扎一个小小的篱笆吗？

嘿，我的就是你的呀，篱笆能挡住良心的脚步，却挡不住粗暴的手。

用你响亮的叫声来阻止吧，那是你的篱笆！你的你的，是你的篱笆！

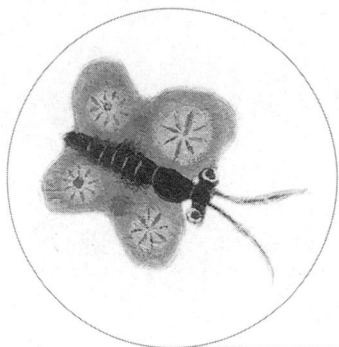

一丢丢的薄荷

春风一吹,阳光一照。

薄荷,就冒出了小小的芽儿了。

它毛茸茸的小脑袋,好奇地打量着这个世界。那么瘦小,那么犹疑,那么不安。

它好像营养不良,又好像随时准备重新把脑袋扎进泥土之中。

小小的叶片,像是小学生举手要求回答老师的问题。竖立着,激动着,焦灼着。

这些不成形的小生命,让人爱怜,让人担忧。

很快,那墨绿的芽尖,墨绿的小叶子,突然开始发亮,开始舒展,开始平铺着生长。

那一丢丢的薄荷,很兴奋的样子。它们的叶子开始对称着生长。

15

就像手拉着手，面对着面的好朋友，都用尽了所有的力气，都想把对方拉到自己的身边。

那一丢丢的薄荷，当你看它第一眼的时候，你会出现一种幻觉。

似乎，它们在旋转，像是正在旋转的小飞轮一样。

一丢丢的薄荷，很快就连成一片了。

连成一片的薄荷，就成了一个强大的世界。

那种浓郁的薄荷香，让阳光醉得摇摇晃晃。

那雕刻一般的纹路，那无限生长的欲望，似乎，要把整个世界揽在怀中；似乎，要走向这个世界的任何角落。

一丢丢的草芽

一丢丢的草芽，拱破土层，露出了毛茸茸的小脑袋。

它们都是被春风吹醒的吧。

一丢丢的草芽，拱破土层，露出了毛茸茸的小脑袋。

它们都是被春阳喊醒的吧。

摇摇晃晃，站立不稳；哆哆嗦嗦，四处张望。

你们好奇地打量着这个世界，这个世界也惊奇地打量着你们。

你们叫什么名字呢，可爱的小家伙？

很少有人知道呀，你们还太小太小。你们还太小太小，很少有人知道你们什么模样。

一丢丢的草芽，慢慢在长大。

这儿一丢丢，那儿一丢丢，很快，你们就会长成一大片一大片的。

像草原，像森林，它们都是一丢丢一丢丢长成的呀！

17

一丢丢的艾蒿

一丢丢的艾蒿，差点被我当作野草除掉。

当我认出它们的时候，我满心欢喜，像是发现了阿里巴巴的山洞。

家乡的原野，在我的眼前无边无际地展开了；黑褐色的窑洞，童年的温暖又在周身弥漫了。

记得家乡的乱石滩上，长满了野生的艾蒿。风一吹，银光闪闪。

记得端午节，家家户户的门上，都插着几枝艾蒿。

记忆最深刻的是，蚊子和苍蝇乱舞的夏天，我和弟弟被蚊子叮得苦不堪言。

爷爷割来大把大把的艾蒿，晾干，把它们编织成胳膊一样粗的绳子。

那长长的艾蒿草绳，像一条长长的蟒蛇，盘在砖铺的地面上，盘在屋子的中央。

爷爷用火柴点着，艾蒿就冒出了缕缕青烟。青烟苦涩，呛人。

爷爷放下炕上的布帘子，向我们许诺，今夜蚊子肯定不会打扰我们了。

果然，我们睡得很踏实，很安稳。

地面上只剩下一团一团的灰烬。

一丢丢的艾蒿，刚长出来的时候，像一张张笑脸，尽管笑得不是那么好看。但它们总是笑着，笑得真诚而又朴素。

它们一身素装，很神秘的样子。好像，它们的身上藏有无数个秘密。

一丢丢的艾蒿，很快就连成片了。它们隐蔽着自己生长的方向，本来它们是向上生长的，向着太阳，向着天空，向着星星，但它们给人的感觉却是在平铺着生长。

它们好像在呼朋唤友，好像在和伙伴们商量，准备一起腾飞。

一丢丢的艾蒿，用不了多久，就要开始向上飞翔了。

会飞的艾蒿啊！

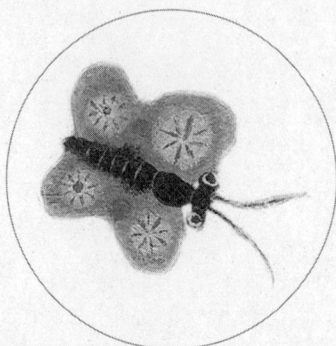

小院，一株杏花树

山坡上的小路，曲曲弯弯，像爷爷额头上的皱纹。

一定藏着许多故事吧。

山坡上的小院，破破烂烂，像秋风吹落的残枝败叶。

一定藏着许多悲凉吧。

石砌的小墙，矮矮的。

草搭的马厩，低低的。

从山坡小道上走过，一眼就可以看见院子里的风景。

葡萄架，农具，木料，柴火，小平车，是小院的所有。

只有屋里的那道门，黑洞洞的，像爷爷没有牙齿的嘴巴。

但是，在窗台下面，在墙角旁边，有一株杏花树，开满
了杏花。

白如雪，如笑颜，开得灿然。

一定藏着许多秘密吧。

也许是希望，也许是憧憬，也许是梦想，也许是春天
这只大蜜蜂不小心
　　——滴落的点点蜜糖。

花花世界

迎春花刚羞答答地开过，连翘就狠狠地撞了一下她。

连翘花刚刚羞羞答答睁开眼睛，玉兰就开始俯视她。

杏花，樱花，都挤着挨着赶着推着抱着团儿，打着滚儿，赶着趟儿，嘻嘻哈哈地闹着笑着嚷着开了。

长寿花眯着眼睛，在想："水仙妹妹哪儿去了？刚刚才在盆子里洗个澡，就不见了。"

蝴蝶兰做出一副振翅欲飞的样子，可是没有花儿注意她的舞姿。

那小小的荠菜花，可怜巴巴地贴着地皮，在努力地开着。

只有君子兰恬静地站在那里，谛听着桃花哗啦啦像火一样燃烧着。

蜜蜂在花丛里喊："这一朵最漂亮！"

蝴蝶在花蕊里叫："这一朵最美丽！"

每一朵花儿都可爱呀，这花花世界，到处都是色彩和芬芳。

　　太阳像一架巨大的搅拌器，忙忙碌碌地把风、蜜、香、奶、露搅拌成甘甜的饮料，让大地上所有的生命品尝。

星星的秋千

一个、两个、三个……那么多的小星星，从家里偷偷溜了出来。

他们在草坪上、花园里、小河边，做荡秋千的游戏。

一枚花瓣是一架秋千，一片草叶是一架秋千。他们从一朵花儿荡到另一朵花儿上，从一片叶子荡到另一片叶子上。

你听，那一片蛙鸣是献给小星星的笑声。

你听，那一片蟋蟀的鸣叫是献给小星星的掌声。

美丽的、淘气的、顽皮的小星星呀，惹得风娃娃从梦中惊醒，禁不住给他们弹起了风琴。

天快亮了，他们登上了月光的秋千，一个个溜回了家。可是这些小家伙的秘密，还是被星星妈妈发现了：在草尖上，在花瓣里，那些晶莹的露珠，不就是星星们荡秋千时淌下的汗珠么？

火焰树

红彤彤的，像个醉汉。

漂亮的小酒瓶，横七竖八挂了一树。

风儿穿过树梢，像是醉汉在打鼾。

呼儿呼儿，空气中到处都是酒香味。

桂花，勒杜鹃，野牡丹，都在窃窃私语，都在轻轻地
发笑。

醉了，醉了，醉了，醉了。

一只鸟儿在旁边的香樟树上喳喳地大叫。

红彤彤的，像团大火。

那团大火，是由数不清的小火苗组成的。

那么匀称，那么精致，那么分明。

它们不紧不慢地燃烧着，耐心细致地燃烧着，似乎想

星星的秋千

把蓝天点燃。

星星们多么惊慌失措，而那太阳却笑眯眯地欣赏着。

火焰树，火焰树，火焰树，火焰树。

一个孩子在树下惊喜地叫着，两只眼睛像两粒小小的

火种。

长满胡子的大树

第一次看到榕树，我惊呆了，那么多细细的气根，像是密密麻麻的胡须一样。

长满胡子的大树啊。

我想大笑，笑它可爱的模样。

我想大叫，叫它漂亮的名字。

就像嘴巴里含着一颗糖块，叫榕树的时候，舌尖上就滚动着甜蜜的汁液。

也许它很老很老了，有许多许多故事。

也许它天生就是个淘气鬼，就像孩子把玉米须粘在下巴上一样，想骗取人们的赞美和笑声。

长满胡子的大树啊。

它喜欢水，喜欢南方，喜欢湿润，喜欢阳光，喜欢蓝天和白云。

还喜欢小鸟的鸣叫。

能喜欢这一切的榕树，怎么可能苍老呢？

长满胡子的大树啊。

心里一定有一眼快乐的泉水，不然，你怎么会长成这个样子呢？

站在榕树下，我听见了细细的笑声，就像不远处的湖水，在叮叮咚咚唱歌一样。

蔷薇

　　我从铁栅栏的墙边走过，看见一丛丛的蔷薇正冲我微笑。

　　她说："喂，给孩子们写诗的诗人，停一停你的脚步，写写我吧！"

　　我一点儿也不惊讶；我知道每一朵花儿都会说话。

　　她们像一道道漂亮的门帘，似乎我轻轻一掀，就可以走进里面。

　　在蔷薇门帘里面，肯定住着一位神仙，她能满足我的一切心愿。

　　她笑靥如花，她貌美如花，她的眼神如花，她的呼吸如花。

　　所有的仙女都与花儿为伴呀，如同最美的时光总是和童年相伴。

我从一条小路上走过，看见路的两边开满了红色和白色的蔷薇。

她们说："喂，给孩子们写诗的诗人，停一停你的脚步，写写我吧！"

我一点儿也不惊讶；我知道每一朵花儿都会说话。

她们像一道道从天空流下来的瀑布，似乎我轻轻一推，就可以走进里面。

在瀑布里面，肯定有一个仙洞；仙洞里面，肯定住着一位神仙。

她笑靥如花，她貌美如花，她的眼神如花，她的呼吸如花，能满足我的一切心愿。

所有的仙女都与花儿为伴呀，如同最美的时光总是和童年相伴。

湖

　　我坐在湖边的木椅上，凝视着宁静的湖水，心儿泛起了阵阵涟漪。

　　天空里洁白洁白的云朵，是在水里洗过的么？

　　那么纯洁。

　　太阳高高地悬挂在天空上，是在水里洗过的么？

　　那么明亮。

　　湖边摇曳的棕榈树叶，是在水里洗过的么？

　　那么碧绿。

　　那么，夜里的月亮和星星呢？它们也一定在这清澈的湖水里洗过吧。

　　那么迷人。

　　我的心变得软软的，也是在这湖水里洗过了吧？那湖水里植物的倒影，宛如我心的形状。

　　因为有爱的洗浴，湖水也变得美丽无比了；因为有湖水的滋润，漂亮的诗句也变得更精彩了。

你手心里攥的是什么

——嘿，猜猜我手心里攥的是什么？

小家伙笑眯眯的，把粉嫩的拳头在我眼前一伸，急忙藏在身后了。

你小小的手心，能攥住什么呢？

也许，是一粒小小的草籽吧。

也许，是一朵小小的野花吧。

也许，是一颗圆圆的玻璃珠吧。

也许，是一根小小的羽毛吧。

谁知道呢，每个孩子都是小小的鬼精灵。

——看，什么都没有，哈哈哈！

我猜到了，但我没有说。和孩子们玩游戏，一定不要说出准确的答案。

这样，他们的快乐和得意才会像小溪一样潺潺流淌。

嘿，孩子，我最想说的是：我知道答案，你手心里攥着一大把快乐的时光。

但我没有说，因为他是孩子，我是大人。就像清澈而又快乐的小溪，不可能知道大海的痛苦和叹息一样。

岁月是一道难以逾越的墙，但嘀嘀嗒嗒的闹钟每天都在凿着这面墙。

跟我一起读

——跟我一起读！小鸟说。

清晨的空气是甜的，风儿的味道是甜的。

——跟我一起读！小树说。

草地上的露珠是晶莹的，小溪里的流水是清澈的。

——跟我一起读！微风说。

柳丝在摇摆，在跳舞；兔子在奔跑，在撒欢。

——跟我一起读！太阳说。

一切都是欢乐的，一切都是充满希望的。

天空是蔚蓝的幕布，大地是宽阔的舞台。每一个生命，都充满了热情；每一个生命，都充满了歌唱的欲望。

让我们大声一起读：我爱！

我爱天空，他给我们辽阔的空间，让我们自由飞翔。

我爱大地，他给我们无边的宽容，让我们尽情奔跑。

紫丁香

空气里一定有许多秘密，没有人知道；

阳光里一定有许多声音，没有人听见；

一团一团的紫丁香，开得那么茂盛，她们在做什么呢？

一团一团的紫丁香，开得那么茂盛，而且还在摇晃，
还在抖动。

她们是在跳舞吗？

她们是在唱歌吗？

没有人知道，没有人知道她们的秘密。

这些秘密一定和阳光有关，不然阳光不会如此灿烂。

这些秘密一定和春天有关，不然春天不会如此绚丽。

但风知道，风知道一件事：

紫色的丁香们在大声呐喊。

也不知道哪一朵的声音如此甜美，她喊：一二三！

那些紫丁香们都一起吹气，鼓着腮帮子吹气。

所以，空气里的芬芳才如此浓烈。

杏花，是春天的牙齿

三月，杏花点点。

点点的杏花，小小的，像一张张粉嘟嘟的笑脸。

她们是阳光催开的；她们是春风唤醒的；她们是小鸟啄开的。

三月，杏花点点。

点点的杏花，白白的，像一枚枚牙齿。

她们咀嚼着阳光的薄饼，吸着甜甜的晨露，喝着芬芳的鸟鸣。

三月，杏花点点。

点点的杏花，是杏树洁白的牙齿呀。

一树一树的杏花，是春天的牙齿呀。

太阳花

黄的，红的，白的，紫的，粉的。

五彩斑斓的花朵，像一面面旋转的轮子。

在大地上旋转着，被风的手指，或快或慢地拨动着。

小小的花朵，柔弱的花朵，娇嫩的花朵。

薄薄的花瓣，被风儿一吹，似乎就要被吹破。

一点一滴的笑，只能用上唇和下唇轻轻地把握。

太阳是什么？

是一位神奇的画家，挥着一支巨大的画笔，

在无边的田野上，泼下点点滴滴的彩墨。

哦，太阳花，太阳花。

你们都是太阳的娃娃。

高压线上的小麻雀

小小的麻雀，灰灰的，三三两两栖息在高压线上。

它们就像一个一个拉得开开的文字，醒目地排列在高压线的横格信笺上。

这些勇敢的小家伙们，一点也不怕危险呀。

它们飞得那么高，是为了躲避淘气的小家伙们弹弓飞出的子弹吗？

它们飞得那么高，是为了看到更远的风景吗？

天空很蓝，云朵很白，它们小小的身影很灰，而阳光很暖很暖。

也许，这高高的高压线，就是小麻雀们的电话线。

它们在麦浪翻滚的乡村，给遥远的伙伴悄悄地诉说这里的一切。

这儿很安宁，很安全，到处都可以筑巢，可以嗅到植物的芬芳……

爬墙虎

不声不响，一个劲儿地爬呀爬呀……

在墙的那一边，究竟藏着什么样的秘密？

墙壁光溜溜的，水泥涂抹的，青石砌成的。

太阳在白天攀缘，到晚上就气喘吁吁地溜走了。

月亮在晚上攀缘，到白天就静静悄悄地开溜了。

苍蝇，蝴蝶，蜜蜂，壁虎……只有傻瓜才长久地在墙壁上爬行。

那藤蔓细细的，那叶子小小的，但它们如此地义无反顾，令人惊诧。

当它们在屋檐下垂直倒立的时候，全世界都惊呆了。

看看那只狗，在大树下，惊讶的舌头吐得有多长呀。

黄山松

黄山上，长满了奇形怪状的松树。

每一棵松树，都与别的山上的松树不一样。

有的像是一棵硕大的灵芝。

有的像是一顶巨大的蘑菇。

有的像是一个舞蹈演员挥舞着长袖。

有的像是一尊断臂的维纳斯的雕像。

大雨冲刷过松枝，阳光沐浴过松针，云雾缠绕过松树。

所以，松树格外清秀；所以，松树格外挺拔；所以，松树格外坚强。

黄山赋予了松树生命，松树增添了黄山的秀丽。

如果没有松树，黄山会黯然失色；如果没有黄山，松树将无所依附。

黄山上的松树，是黄山的名片；那郁郁葱葱的绿色，散发着黄山的气息，诉说着黄山的秘密。

41

榆钱儿

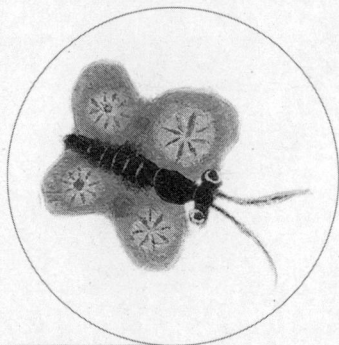

真像一个小小的富翁，有那么多那么多绿色的钱币。

绿色的钱币，在风中叮当作响。

奔跑的蚂蚁，等着买粮食呢。

摇晃的花朵，等着买雨露呢。

那望着榆树的野兔呀，等着买一大片草坪呢。

蒲公英啊，正等着去远方旅行呢。

慷慨的榆钱儿，总是大大方方地说："给你们！"

一大把一大把的榆钱儿，就从高高的树上飘落下来。

当它们落下来的时候，那绿色的钱币就变成金色的了。

金色的榆钱儿啊，叮叮当当在大地上蹦跳。

——来吧来吧，人人都有份儿啊。

因为，这是春天的钱币，每个人都可以用它买一块小小
的春天。

苹果花

花苞，红红的，像妈妈的口红，在洁白洁白的纸上轻轻一点。

妈妈的口红，在洁白洁白的纸上轻轻一点，就成了苹果的花苞了。

圆圆的，红红的，好像是鼓着的小嘴，正嚼着一块玲珑的泡泡糖。

苹果花一开，就变成一个个亭亭玉立的少女了。

纯洁，明媚，可爱，快乐，可是呀——

总有那么一点点羞怯，不信，你看看她们那脸颊上的一点红晕。

苹果花，苹果花，像小鸟一样叽叽喳喳。

当你走过那开花的苹果树下，你就能听见，

她们絮絮叨叨的悄悄话呀。

眼 睛

天空里有无数只眼睛，那些眼睛在夜晚闪闪发光。

它们变成了萤火虫，好奇地打量着大地上的一切。

睡着的草坪，梦中的池塘，以及在树上的猫头鹰。

水面上不安分的鱼儿，悄悄地钻出洞穴的老鼠，还有远处的城市和近在眼前的村庄。

多么有趣的、神奇的世界，无数个秘密都隐藏在黑暗中。

地上有无数只眼睛，那些眼睛在太阳下笑意盈盈。

它们有许许多多美丽的名字，杏花，桃花，紫丁香，樱花，苹果花，蒲公英……

它们惊喜地注视着天空，那湛蓝的湖水，徐徐飘过的白云，多么像大鲸鱼，像白海豚啊。

还有白帆，还有白马，还有白兔，还有大团大团的棉花。

它们喜欢太阳、星星和月亮，和那黑丝绒的帷幕。

多么有趣的、神奇的世界，无数个秘密都隐藏在黑暗中。

柳　枝

每一株柳树上，都藏着许多小小的精灵。

她们都是小小的作曲家，小小的音乐指挥。

那一根一根的柳枝，就是她们舞动的指挥棒。

也许，她们指挥的是一支小夜曲。

月光下，星星们都在随着指挥棒唱歌。

闪亮的眼睛呀，紧紧地盯着她们起伏的指挥棒。

也许，她们指挥的是一支圆舞曲。

阳光下，蜜蜂在跳舞，蝴蝶在跳舞，甲壳虫在跳舞。

那么瘦小的蚂蚁，也在快速地迈着舞步。

但是，她们最喜欢的还是大合唱。

所有的指挥棒都在用力地挥舞着，摆动着，翻飞着。

草儿，花儿，树儿，整个春天都在尽情地唱着，唱着……

我 爱

一滴露珠，诞生在一株怒放的蒲公英里。

太阳暖暖地照着，白云柔柔地飘着；天空像蓝色的河流，缓缓地流着。

露珠说："我爱。"

一株狗尾巴草，轻轻地摇曳着。在草尖上，也有一滴露珠。

蒲公英露跳上狗尾巴草，对着狗尾巴露说："我爱！"

她们紧紧地拥抱在一起。

狗尾巴草呻吟道："哎哟，哎哟，太沉啦！"

她们不好意思地说："小狗狗，对不起！"

在她们的旁边，有一丛野玫瑰。玫瑰的花蕊丛中，有许多小露珠。

蒲公英露说："我爱！"

狗尾巴露说："我爱！"

她们跳进一朵玫瑰花中，和玫瑰花中的玫瑰露拥抱在一起。

玫瑰花尖叫道："哎呀，哎呀，太重啦！"

她们难为情地说："小花花，对不起！"

"哈哈哈！"草坪上许许多多的露珠都笑了。

她们在喊："来呀，我爱！"

蒲公英露，狗尾巴露，玫瑰露，都跳到了草坪上。

她们在一起拥抱，欢呼，唱歌。

于是，她们变成了小溪，变成了池塘，变成了湖泊，变成了大海……

大地伸出了臂膀，把这些小小的精灵抱在怀里，说："我爱！"

秋天的山楂树

秋天的山楂树，点燃了一树一树的红灯笼。

小小的，红红的。

小小的红红的灯笼，悬挂在秋天的山楂树上。

山楂树的枝叶间，一定藏着无数个绿色的小精灵。

她们优雅地品尝着阳光，悠闲地品尝着月光，随心所欲地品尝着星光。

秋天的山楂树，点燃了一树一树的红灯笼。

小小的，红红的。

小小的红红的灯笼，悬挂在秋天的山楂树上。

山楂树的枝叶间，藏着无数个绿色的小精灵。

她们开心地品尝着一缕缕甜蜜，那是秋天的芬芳。

她们皱着眉头品尝一丝丝酸涩，那是夏天没有熟透的时光。

秋天的山楂树，点燃了一树一树的红灯笼。

她们是秋天的眼睛，是秋天的嘴唇，是秋天热烈的心房。

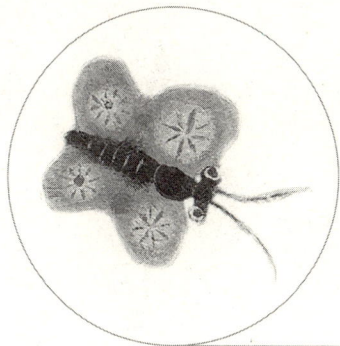

小小的树

小小的树，一棵，一棵，又一棵小小的树。

像是在和太阳捉迷藏，房前屋后，田间地头，到处都是小小的树。

这些顽皮的孩子，让太阳气喘吁吁，让太阳肚皮鼓鼓。

这儿一棵，那儿一棵，惹得小鸟四处追逐。

一会儿摆摆手，一会儿摇摇头。一会儿捣捣乱，一会儿一本正经装无辜。

小小的树，一棵，一棵，又一棵小小的树。

像是在和太阳捉迷藏，房前屋后，田间地头，到处都是小小的树。

这儿一棵，那儿一棵，害得太阳四处追逐。

夜晚的时候，这些小树和太阳都安安静静睡着了。

星星们在数：一二三四五……

风儿哈哈大笑：天上有多少星星，地上就有多少小树。

49

孩 子

　　叮叮当当，悦耳的风铃响起的时候，孩子就用稚气的声音说："这是我的！"

　　嘭嘭嘭，小小的皮球在大地上被拍响的时候，孩子就用坚定的声音说："这是我的！"

　　哗啦啦，大雨纷纷落在庭院的时候，孩子就用快活的声音说："这是我的！"

　　嗡嗡嗡，蜜蜂在花丛里翩翩起舞的时候，孩子就用兴奋的声音说："这是我的！"

　　孩子的眼睛，清澈；

　　孩子的小手，稚嫩；

　　孩子的笑容，纯洁。

　　孩子一无所有地来到这个世界上，但他一眼就认出了属于自己的东西。

　　正因为他一无所有，所以整个世界都是他的。

　　花朵，露珠，彩虹，大地，山峦……它们的倒影都闪烁在他的瞳仁里。

红叶小路

秋天，漫山遍野的红叶红了。

一树的红，一团的红，一堆的红。

红成了一面海洋。

秋风一吹，红色的波涛就开始翻滚了，汹涌了，拍着大山，拍击着岩石。

那太阳，也往高里蹿了蹿，就像一个人在海边，潮水涌来了而吓得后退一样。

红叶红了。

一树的红，一团的红，一堆的红，一簇簇的红。

红成了一面火海。

红叶在燃烧，旺旺的，熊熊的，烈烈的。

秋风一吹，那火苗的声音哔剥作响，响成一片。

秋天的思念，秋天的爱恋，秋天的美艳，都写在这红叶上面。

静静的，是那红叶铺成的小路。她在迎接每一个踏上小路的旅人和游客。哪怕是一只昆虫，一只蚂蚁。

来，顺着红叶铺成的小路，你就能走进秋天的宫殿。

无论你走向何方，你都会遇上迎面而来的秋天。热烈的，丰美的秋天。

红叶呢喃着，秋天低语着……

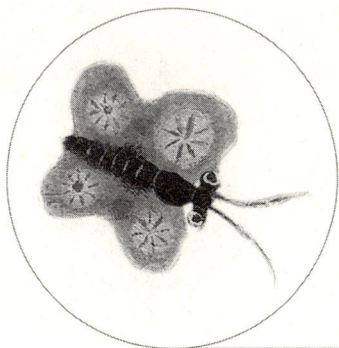

小树叶

　　一片小小的树叶，就是一只绿色的小手；一只只绿色的小手，在风中热烈地弹奏——

　　哗哗哗，河边上的柳树在梳头。嚓嚓嚓，天空的小鸟在跳舞。

　　沙沙沙，草丛里的花朵在刷牙。啦啦啦，蘑菇下面的虫子在说悄悄话。

　　阳光温暖地洒在小树叶的身上，月光温柔地落在小树叶的身上。

　　风悄悄地溜走了。

　　小树叶的汗珠变成了露珠，滴在草尖上，花蕊中。

　　一个可爱的孩子，依偎在妈妈的怀抱里。在梦中，他喃喃地说："我是一片小树叶。"

　　小树叶长在大树的身上，孩子靠在妈妈的心房。

故 乡

梦的故乡在枝头，白云的故乡在天空。

蟋蟀的故乡啊，在草丛。

孩子说，妈妈，我的故乡呢？

妈妈说，你的故乡在妈妈的臂弯里。

草籽的故乡在土里，蜻蜓的故乡在荷叶上，小舟的故乡在河中。小路的故乡啊，在远方。

孩子说，妈妈，妈妈臂弯的故乡在哪儿？

妈妈说，妈妈臂弯的故乡在长不大的童年里！

太阳落山了

太阳落山了，金黄的麦茬上燃烧着的橘黄色的火焰一点一点熄灭了。

星星就要升起，月亮就要升起，露珠就要落下……

所有的鸟儿都回家了。我没有回家。我站在麦茬地里，静静地聆听着虫子们的鸣叫。

虫子说，我们聊着聊着，天就黑了。

知了说，我们唱着唱着，夏天就终结了。

野花说，我们跳着跳着，就找不到舞台了。

树们说，我们看着看着，美丽的风景就看不见了。

抱怨。叹息。

我还没有回家，小路就溜走了。我说。

黑夜像个哲人似的，沉默不语。这份静默里有一种巨大的力量，使我感到战栗、害怕。

我拔腿就跑，跟跟跄跄地向家跑去。

黑夜咆哮着，犹如雷鸣海啸，席卷了一切，我什么也没听见。

墙上的钟表嘀嗒嘀嗒地走着，它说，走吧，走吧，到你应该去的地方吧！

桃花朵朵开

山坡上的桃花开了，一瓣一瓣，像山里孩子们的笑脸。

那些笑脸是被山风吻过的，是被山溪洗过的，是被山里的太阳照耀过的。

它们的脸上有星星们羞怯的酒窝，它们的胳膊上有山鹰结实有力的骨骼。

一枚花瓣，就是一张笑脸；一张笑脸，就是大山的一个春天。

平原上的桃花开了，一朵一朵，像一本本孩子们正在晨读的书。

像阳光一样温暖，像云霞一样灿烂，像梦一样迷人。

那脚步轻盈得像落下的花朵，那身影轻灵得像枝头翩翩起舞的蝴蝶，那声音美妙得像花儿在春风中弹奏出的音乐。

每一朵桃花，都是一本书。每一本书，都是一个孩子。

桃花朵朵开了。

那桃花从唐诗宋词中一路走来，摇曳生姿。它们是被孩子们捡到的，所以才生出一种芬芳。

院子里的桃花开了，一片一片，蚂蚁爬上了桃树，麻雀登上了枝头。

哦，虫子们也喜欢春游吗？

No，它们也会说No，它们是来参观的。

窑洞，发黄的窗纸，窗花，油灯，长出青苔的墙壁，还有几棵枣树。这就是我的童年。

桃花朵朵开，之后，是青青涩涩酸酸甜甜的哭过笑过的脸。

六月花开

六月，在乡下，男孩子都去河里和鱼儿游泳去了。

男孩子手刨刨，鱼儿头摇摇；男孩子蹬蹬脚，鱼儿摆摆尾。太阳啊，捋着胡子，一个劲儿发笑。

六月，女孩子在哪里？

凤仙花的浓汁，涂满了女孩子的指甲。

荷花的花瓣，贴上了女孩子的脸颊。

而那些绿色的荷叶啊，什么时候变成了女孩子的绿裙子？

六月花开。

荷花是女孩子的深笑，茉莉花是女孩子的浅笑。

点点滴滴的茉莉，用芬芳向风儿传递消息，那是女孩子的味道。

那羞羞答答的，一定是女孩子的凌霄。

白色的丁香，紫色的丁香，都在叶子和枝条上喧闹。

六月，女孩子在哪里？

男孩子在河里，女孩子在花里。

六月花开。

一滴露，一个酒窝。一朵花，一个笑。

夜晚的星子最好奇：明天，女孩子们都穿什么衣服？

因为，那些调皮的雨点就要来了。

薰衣草悄悄地说：我知道，我知道，我知道。

六月的花儿呀，都知道。

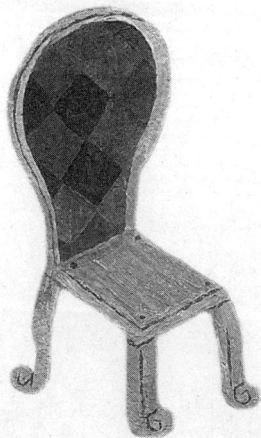

野　花

在一条静静的小路上，到处开满了粉红粉白的小花。

没有人打扰她们，她们无忧无虑地唱着快乐的歌：我们骑上阳光的小白马，走天涯。

小小的野花，她们也想看看外面的世界，也想四处走一走呀。

小鸟在她们的头顶上说：歇歇脚吧，你们的头上冒汗啦。

可不是嘛，晶莹的露珠，在阳光下，一闪一闪地散发着光华。

野花说：不累不累，我们要走遍海角天涯。

穿过青草地，越过沼泽地，走过大森林，她们轻快地向前方奔跑。

下雨的时候，小蘑菇，小蜗牛，很多小伙伴们都朝她

们喊：快来躲一躲，天晴了再赶路啊。

野花说：谢谢你们，我们的路还很远很远，所以我们不能停止奔跑啊。

可爱的小野花，她们想登上高高的山巅。看看云海，看看雾纱，看看高山深处的人家。

可爱的小家伙们，就让萤火虫给你们带路吧，就让星星给你们点灯吧。

终于，她们站在了高山之巅。

她们跳啊，唱啊，欢呼啊，相互拥抱啊。

羞愧的小路呀，在半山腰就停住了脚步。他本来是和小野花有约定的，相约一起走天涯。可是，那高不可攀的大山，那密密麻麻的荆棘，那炎炎的烈日，让他望而生畏呀。

他有坚实的双腿，他有健壮的臂膀，可是，他没有小野花的信心和勇气。

我们去大山看看吧，在小路走不到的地方，肯定有小野花的倩影在舞动。

九月，我们去看海

九月，天高云淡，大海是一大片一大片的天蓝。

如阿拉伯神话传说中神奇的地毯，魔力无边，魅力无限……

风很轻，或很猛，都会牵动我们的衣襟，都会吹动我们的头发；

似乎在说：走吧，走吧，向远，向远！

那些蒲公英们，开始凝结自己的心思了；跃跃欲试，蠢蠢欲动。

那些露珠们，开始闪动一往情深的双眼；一颤一颤，充满期盼。

那些云朵们，开始浪子回头了；这些浪子们呀，步履蹒跚，跋涉艰难。

向远的远方，有尖锐的召唤；像惊雷的肆无忌惮，像

松涛的声嘶力竭的呐喊。

九月，海阔天空，天空是一大片一大片的海蓝。

阳光很柔，或很暖，都像一根根羽毛，触摸着我们的鼻子，嘴巴，和双眼。

似乎在说：去吧，去吧，去寻找海贝的斑斓。

那儿开满了天蓝色的海浪花。

那儿插满了森林一样的桅杆和雪一样的白帆。

那儿爬满了小小的快乐的寄居蟹，在海滩。

大海睡着，醒着；安恬着，凶狠着；都蕴藏着这个世界所有的秘密。

它的每一道波浪，都是一道深深的皱纹；皱纹里镌刻着两个醒目的大字：勇敢。

海鸥在惊叹。在感叹。在赞叹。

九月，我们去看海，看天蓝蓝，海蓝蓝，海天一色的蓝。

让我们的笑声在海边此起彼伏；让我们的脚印在海滩上深深浅浅；让我们的快乐和秘密在海上漂流，在天空盘旋。

我们给大海以爱的礼赞，大海给我们以力量的浸染。

荷花开放

荷花羞羞答答地开放了。

她是在青蛙一遍一遍"开门啦开门啦"的喊声中开放的。

她是在鱼儿一次一次"开门啦开门啦"的撞击声中开放的。

她是在知了一声一声"开门啦开门啦"的歌唱声中开放的。

荷花是一个害羞的小姑娘。

风儿敲过她的门，阳光抚过她的门，小雨吻过她的门。

于是，在一个夜晚，荷花悄悄地开放了。

池塘里的水波是最早知道的，它哗哗啦啦地喊着："开门啦开门啦荷花开门啦。"

可是，大家都在梦中，谁也不知道这个消息。

不，不，不，我知道。一只蜻蜓骄傲地站立在荷花的阁楼上。

荷花的芬芳，就是荷花说话的声音，低低的，柔柔的，谁都能听明白。

她说：

昨夜星光灿烂，我忍不住，悄悄地打开了门……

赤　足

松软的土地，有太阳的温度。

赤足，有无忧无虑的惬意和幸福。

高高的田埂，深深的犁沟，密密的青草，和不知名的小野树。

那些不知名的小野树啊，混迹在青草丛中，像坏坏的笑，想逃过大人的眼睛。

流浪的风，吹着口哨，在田野上肆无忌惮地嬉闹。

湿润的土地，有月亮的温润。

青草的味道，花朵的味道，星星的味道，露珠的味道，都浸透在松软和湿润的泥土里。

影子在奔跑，小鸟在尖叫。

飞舞的蝴蝶和蜜蜂，追逐着那一双裸着的双脚。

快乐和自由从脚心源源不断地传来，直到童年长成一株野草。

裤　脚

裤腿挽得高高的，总想悄悄地隐藏一些秘密。

可是，总是那么不小心，被风扯下了裤脚。

露珠，把她的吻，湿漉漉地印上去了。

鬼针草，鬼头鬼脑的，把自己的暗器悄悄地挂上去了。

苍耳籽，无赖一样，不声不响地搭上了免费的列车。

太阳的目光总是那么强大，什么都可以一目了然，他只是呵呵笑着，或者假装恼着。

小小的裤脚，什么都包不住呵，就像一只青蛙怎么也吞不下一池塘的清水。

淘 气

揪一把玉米须，粘在下巴上。

倒剪着双手，弯着腰，迈小小的八字步。

——看我像爷爷吗？

蚂蚁看也不看，匆匆地赶自己的路。

小溪停也不停，淙淙地唱自己的歌。

大树和小树的枝叶都在摇，但那是和风儿嬉笑打闹。

一只老母猪哼哼着走过来，像是不屑地嘲笑。

狠狠地给它一脚，把它惹怒了，它掉过头，气势汹汹地冲过来了。

童年，被吓得落荒而逃……

落　雪

那个时候的雪，总是很白，很厚，很轻。

飘飘洒洒。

像是仙女，在散花。

一条无边无际的白色银毯，牵引着许许多多的美丽来了……

——新年像个新娘子。

——清晨像个婴儿。

——每一棵树，都像一个美女，树上的麻雀，像美女唇角上的痣。

那个时候的雪，美丽得像一篇童话。

后来，那远去的雪和远去的童年变成了渐渐枯萎的神话。

枸 杞

大地冬眠了。

风吹过，干枯的叶子在原野上翻卷，像是流浪的孩子。

大地上空空荡荡的，一无所有，像个把家产挥霍一空的赌徒。

哦，他不甘心，睁着血红血红的眼睛。

他也有过美丽的时光，有过富足，有过丰饶。如今，他只有这些回忆了吗？

水灵灵的枸杞果，红彤彤的枸杞果，圆溜溜的枸杞果，像宝石，像玛瑙。

更像是赌徒的眼睛。

大地小小的梦，大地小小的心脏，也是这枸杞果呀。

但他更像是赌徒的眼睛。

小 河

脚丫子蹚过故乡的小河。

嘴唇亲吻过故乡的小河。

那嫩绿的水草，水灵的水草，像微缩的水莲的叶片，浑圆。

难道，它们是小河的嘴唇么？

对着阳光欢笑，对着雨点吮吸，对着天空撒娇。

哦，那小小的虾，猫着小小的腰，在挠你的脚心吗？

那躲来闪去的身子，那一串串忍俊不禁的清脆的笑，让这河水也笑了。

小河一路的歌声，一路的欢笑，从童年的那一边淙淙而来。

书香童年

每一棵大树，都像一个高高大大的书架。

每一片树叶，都像一本小小巧巧的书。

早晨的阳光，大声地读。

夜晚的星星，小声地读。

白云在慢悠悠地读。

风儿在快速地读。

青蛙在抑扬顿挫地读。

蟋蟀在读音韵美妙的诗吗？

而可爱的孩子们，在校园里此起彼伏地读。

童年，总是书香相伴。书香，总是追随着童年。

请打开书，和我一起读！

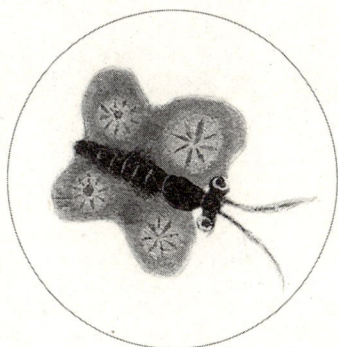

春

小小的绿芽顶破土层，那呼呼呼的风儿就赶来了。

小小的星子顶破天空，那哗哗哗的阳光就流来了。

迎春花的小手一摇，那柔软的垂柳就开始婆娑起舞了。

犁铧的小嘴一翘，那湿润的土地就开始奔跑了。

一粒粒小小的种子，都有一颗颗大大的心。

它们谨慎地把自己的秘密埋藏在肥沃的泥土里，免得那些调皮的小鸟，在秋天还没有到来的时候，就把它们的心事啄破。

小燕子们的剪刀，听说都是紫色的。

是不是去年夏天偷吃的桑葚，紫色的汁液没有来得及擦掉？

但它们是勤劳的，年年岁岁都会剪出同一个主题：姹紫

嫣红。

一排排的小树又冒出来了。

童年的小路又走来了童年。

校园的小路又荡起了笑声。

小河又淌来了跌跌撞撞的水珠。

没有融化的积雪，蜷缩着在田埂上，流着口水。

还在昨夜的梦里。

回家吧，回家吧，回家吧。

太阳已经很高很高了。

天空的大雁嘹亮地说。

贪玩的孩子谁没有自尊心呢？

积雪，冬天最后的孩子，红着脸，从松软的泥土下面悄

悄地回家了。

不然，路上遇见熟人怎么说呢？

风儿柔柔地吹。

阳光暖暖地照。

小雨丝丝地飘。

小雨说，

有一个小姑娘，开始梳妆打扮了。

她乘坐着童话里的四轮马车就要动身了。

月亮的唇，在黑暗中轻轻一吻。

所有的，所有的生命都感受到了欢乐和爱的气息。

夏

慢慢长大的感觉好不好，清亮亮的河水一定知道。

天空像蓝色的火焰，偶尔的白云像炊烟。

蝈蝈在跳，在草丛里跳，在灌木丛里跳，不停地跳。

哥哥，哥哥，哥哥，蝈蝈一叫太阳就眯眯笑了。

有时候狂风来了，像胸闷喘不过气来的人在大声咳嗽。

有时候暴雨来了，像疯狂的摇滚歌手狂摇一头散发。

一闪一闪的闪电，一声一声的雷声。肆无忌惮。像被猎
人追赶的兔子在疯狂地奔跑。

老屋上的青苔，准备再染绿一片青瓦；老屋上的瓦松，
准备长成一片树林。

歌歌，歌歌，歌歌。谁都不知道蝈蝈是在唱歌还是在叫哥哥。

身穿翡翠短衣短裙的纺织娘知道。哥就是那个喜欢在阳光下跳来跳去的蝈蝈，唱着歌的一定是哥哥蝈蝈。

什么都知道的不是蝈蝈，也不是纺织娘，而是高高在树上鸣叫的知了。

豆角的藤蔓一路攀缘，想和树上的知了比比看谁爬得高。

纺织娘在织衣，嘴里不停地发着悠长的音：织——织——

似乎在暗下决心，似乎在自我勉励。

这一次，知了猜错了。衣服不是织给哥哥蝈蝈的，而是织给麦田里的稻草人的。

稻草人的衣服被鸟儿被暴风雨撕扯得破破烂烂的。

稻草人怎么只能拥有一件衣服呢？粗心的人到处都有。

歌歌，歌歌，歌歌，蝈蝈唱着。

织织，织织，织织，纺织娘织着。

知道，知道，知道，知了喊着。

星星的秋千

沉甸甸的麦穗闭目养神，它知道，金属的声音才是最迷人的音乐。

那是另一种笑声，在遥远的村庄里响成了一片。

秋

一声蟋蟀的鸣叫，秋就在一滴露珠上摇摇欲坠了。

玉米，谷子，大豆，高粱，突然喜欢上了沉思。

静默。思考状。对着变得恬静的阳光。

棉花咧嘴笑了，纯洁无邪，宛若石榴。不过，石榴露出的是牙齿，棉花绽开的是厚厚的、柔软的唇。

似乎，许多温情脉脉的故事，正在那儿流淌。

大地上的绿，更深了；小河里的水，更沉郁了。

忙忙碌碌的田鼠们，在夜晚勤劳无比，带着收获的喜悦。

星子，月光，有点忧郁，有点感伤，就像林黛玉的咳嗽。

大雁南回，声声慢，吟一章悲秋的小令。

树影婆娑，蝉鸣悠扬，且歌且舞弄清秋。

远处的蒹葭，苍苍在风中，宛若纷飞的思绪，

怎一个秋字了得？

无心的秋天没有愁，秋天的心必定注满忧愁。

也许，朋友要去远方。

也许，童话里的公主患上了绝症。

也许，秋天的马车不堪丰收的重负。

甜蜜的忧愁，据说是秋天最浪漫的味道。

土豆，花生，那些饱满的爱情，就等一声嘹亮的呼唤了。

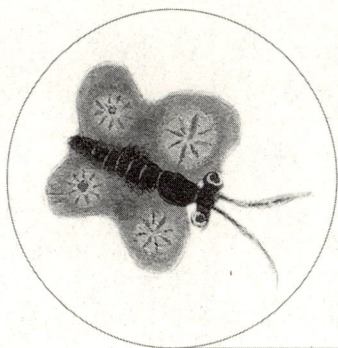

冬

只为等待一朵花开。

西北风把天空所有的星星都吹跑了。

夜晚，很黑。萤火虫的灯笼丢了之后，所有的虫子都不敢走夜路了。

树们很忧伤，忧伤得落掉了所有的头发。

那些窗口沉默着，想着心事，数着那些闪亮的日子。

玻璃上，曾经落过阳光，霞光，星光。如今，它无语。

只为等待一朵花开。

西北风把所有的道路都清扫得干干净净了。

夜里，是谁赶了很长的夜路累得气喘吁吁？

树会哭吗？有谁听见过树的哭声？

哗哗哗哗，什么样的河流会发出这样的声响？

哦，是风在动，叶在响。

只为等待一朵花开。

大地干裂的嘴唇翕动着，默念着那些昔日湿润的荣光和丰盈。

小河发着清冷的光，晶莹的雕刻奇形怪状。

没有叶子们的掩映，村庄显得很臃肿，好像穿着厚厚的棉衣。

苍白的太阳，是如此憔悴和疲惫。

而炊烟，似乎一夜之间苍老了，昔日挺直的身子也佝偻了。

只为等待一朵花开。

所有的生命都在积聚力量。

如果此刻，如果在那时，假如可以，倘若真的，

那一朵花开了，

全世界都会欢呼，都会呐喊一个名字。

而最亮的嗓子，一定都是从孩子们的胸腔迸发出来的。

书，是我的摇篮。

自从我认识字的那一刻起，我就开始做梦了。

我梦见，安徒生的笔下，拇指姑娘那只漂亮的核桃壳。

我梦见，森林里的小矮人，他们那漂亮的小房子。

我梦见，小巫婆的扫帚，在我的房顶上飞。

我梦见，我变成了一只小蝌蚪，在书里不停地游走。

书，是我的小船。

自从我认识字的那一刻起，我就开始做梦了。

我梦见，我变成了一只小小的青蛙，在小河里游。

我梦见，我变成了一只小小的螃蟹，在小溪里走。

我梦见，我变成了一朵浪花，在大海里欢呼。

我梦见，我变成了一滴露珠，在白天和黑夜里摇曳。

书，是我的摇篮，那理想的风帆，是从那里启航的。

书，是我的小船，那漫长的人生之旅，是从那里开始跋涉的。

油 灯

小小的一盏油灯，呼啦啦亮了。

幽幽的，静静的，黄黄的，轻轻的。

如夜晚小小的心脏。

夜，黑黑的，沉沉的，寂寂的，冷冷的。

像波浪，像云团，吞噬了一切。

可是，油灯亮了，呼啦啦亮了。

像温柔的翅膀，像温暖的云霞。

尽管只是一点，如豆，但它却是夜晚小小的心脏。

漫长的夜啊，只为这明亮的一刻，更加漫长，更加漆黑。

小小的一盏油灯，呼啦啦亮了。

也许，它是一粒种子，温暖的，明亮的，饱满的，深情的，种子啊。

或许，写满了爱的温度。

或许，写满了理想的绚丽。

或许，写满了童年的岁月。

小小的一盏油灯，呼啦啦亮了。

夜晚，

小小的心脏，就开始跳动了。

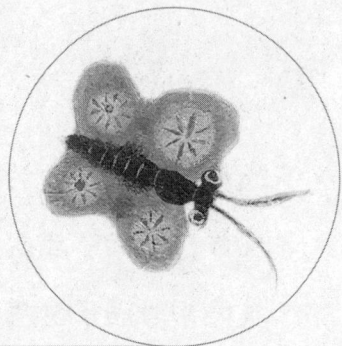

放飞心情

七月，我看见——

养鸽子的人，打开了快乐的闸门，呼啦啦，一群鸽子飞向一望无际的蓝天。

晨跑的人，迈开了沉稳的步伐，噔噔噔，向着远方的阳光沉着有力地奔跑。

牧羊人，甩响了尖锐的鞭子，啪啪啪，赶着一团团白云走向绿油油的田野。

游泳的人，脱掉了世俗的伪装，哗哗哗，跳进海中跳进河中跳进湖里。

七月，我听见——

充满热情的风儿在世界的所有角落里快乐地喧哗。

充满温情的阳光在所有的叶子上快乐地唱歌。

充满甜蜜的梦吖在所有飘着月光的窗口快乐地飞翔。

充满幸福的笑声在每一寸空气里荡漾。

七月，我梦见——

我变成了一只小鸟，飞翔在村庄的上空。

我变成了一朵浪花，跳跃在大海的浪尖上。

我变成了一只小船，行驶在故乡的池塘里。

我变成了一只蜜蜂，跳跃在花园的花蕊中。

七月，是一首诗，镌刻在童年的纪念册里。

七月，是一支歌，嘹亮在童年的激情中。

七月，是一篇童话，弥漫在童年的渴望里。

七月，是一团火，燃烧在童年的岁月中。

七月，是一滴泪，闪烁在童年幸福的脸庞边。

七月，我，我们，自由，快乐，幸福，自豪地，

歌唱，或者遐想。

雪，偷偷地来了

雪，偷偷地来了，像一个犯了错误的孩子。

像一个贪玩忘了回家的孩子。

像一个夜里行走迷路的孩子。

雪，偷偷地来了。

他从北方偷偷跑到南方去了，南方处处都能看见他飞舞的身影。

白桦树挺直身子遥望南方。

香山燃烧的红叶写满了雪的名字，埋进了枯草丛中。

大地干裂的唇角默念着他的名字。

小淘气，雪的另一个名字，在风中飘荡。

雪，悄悄地来了，像一个害羞的小女孩。

像一个懂事的小女孩。

像一个正在学跳舞的小女孩。

雪，悄悄地来了。

她从南方那里学会了轻盈的舞姿。

她从南方那里带来绿色的种子。

她从南方那里带来了一首首湿漉漉的小诗。

小可爱，雪的另一个名字，在空中摇荡。

雪，轻轻地来了，是在夜里来的，

许许多多的小精灵，

在孩子们睡觉的时候，

轻轻地，

轻轻地，

从树枝上跳下来，

从房顶上跳下来，

从孩子们的梦中跳下来。

跳舞，唱歌，喧闹，大笑。

花开的声音

我有眼睛，却看不到花开的过程；

我有耳朵，却听不到花开的声音。

那么，我要眼睛和耳朵干什么用呢？

我的眼睛，看见的是灰蒙蒙的天；

我的耳朵，听到的是尖锐与嘈杂的市声。

那么，它们是长错了地方吗？

我不能责备自己，因为别人的眼睛和耳朵与我的一模一样。

是上帝还是女娲创造了人类，这并不重要。

重要的是，我们每个人都有一颗跳动的心。

我的心说：

我的眼睛是用来观赏花朵的，花朵将使我的眼睛更清澈；

我的耳朵是用来倾听花开的声音的，花开的声音将使我
的耳朵更敏感。

那么，我为何要违背自己的心灵呢？

如果我的眼睛不能为美而存在，

我的耳朵不能为音乐而存在，

我的心灵不能为美好的人与事而存在，

那么我肯定是个怪物。

花开的过程，花开的声音，

不该在我的视野之外、听力之外，

否则，

你、我、他的世界又会变成什么样子呢？

竹 子

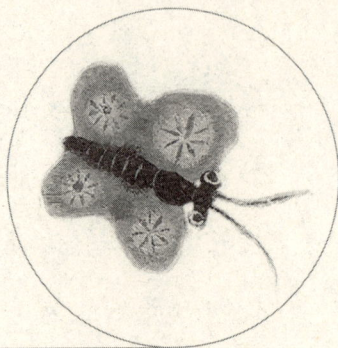

　　清清的叶子，清清的枝干，从上到下都是清清的一色。

　　细细的叶子，密密的叶子，好像小小的刀片一样，把阳光和月光切成一小片一小片的。

　　竹管里面空空的，一节一节的空。空空竹管，就那样一节一节连接着，像是绿色的骨头。

　　真不知道，这空空的竹管里面，究竟藏有什么秘密。

　　竹子很快乐，不管是狂风，还是暴雨，它们都在快乐地唱歌。

　　真不知道，这空空的竹管里面，是藏着竹子的梦想，还是爱，或者是风景。

　　那些细密的叶子，在窃窃私语，它们说：一个人拥有秘密，便是快乐的，幸福的。

雨

是高高的楼房，高高的古塔，还是高高的大树？

它们弄疼了太阳的眼睛。

瞧，它没完没了地哭开了。

是飘飞的柳絮，杨絮，还是蒲公英的小絮？

它们弄痒了太阳的眼睛。

瞧，它声嘶力竭地哭开了。

是谁惹的祸？

太阳一哭，高高低低的植物们的脸都变绿了。

她们沉着脸，阴着脸，好难过。

只有花朵们嘟着小嘴不停地唠叨和埋怨：是谁干的啊！

星星的秋千

是谁干的啊，是谁干的啊，那雨点，一个劲儿嘟囔。

有时候声大，有时候声小。

等全世界都被雨点淋湿的时候，太阳偷偷地在云层做了个鬼脸。

笑了，笑得一脸的灿烂。

假如你是……

假如你是一粒种子，

阅读，就是你的空气、阳光和水分，它不仅给你饱满的思想，而且能给你顶破土层的力量。

在你生长的过程中，你会根据阅读赋予你的智慧和敏锐，不断地调整你的方向和目标。

假如你是一只雄鹰，

阅读，能给你提供飞翔时所需要的一切能量。

它能让你的目标更明晰，让你的翅膀更坚硬，让你的爪子更尖利，让你的信心和勇气变得像高山一样强大。

假如你是一颗星星，

阅读，就是夜晚的湖水，它会倒映着你的身影，让你

的孤独和寂寞变得充满灿烂的诗意。

你能看到无数的星星在闪烁，你能看到草丛里的萤火虫们在跳舞，你能听见小小的溪流在唱歌。

假如你是一个村庄里的孩子，

阅读，会让你的目光变得清澈，那巍峨的高山挡不住你的视线，那弯弯曲曲的泥泞小路缠不住你的脚步。

你可以抵达这个世界任何你想抵达的地方。

风会变成你的翅膀，彩霞会变成你的衣裳，而那太阳会变成供你乘坐的神奇的马车。

假如你是一个城市里的孩子，

假如你是一个男孩或者女孩，

假如在童年的时候，你就学会了一门神奇的技能：爱上阅读！那么，这个世界便是阿里巴巴的山洞，你在任何一处都能寻找到自己需要的东西。

阅读，是一件美丽的事，是一件快乐的事，更是一件神奇的事。

而那内心的强大和精神的富丽，是需要阅读来搭建的。

老 井

吱吱呀呀的辘轳，像一首童年的歌谣。

摇啊摇，唱啊唱。

那声音像老戏台上的木制乐器在敲击，那嗓音像爷爷坚定有力的咳嗽声在荡漾。

童年稚嫩的双臂，总是不停地在空中画圆。

摇啊摇。

一圈，一圈，又一圈……

星星的笑脸在水桶里面。

月亮的碎片在水桶里面。

唱啊唱。

太阳，白云，村庄，故乡……

都在老井温软的怀抱里如花绽放。

陀　螺

金色的陀螺，是被太阳染成的金色。

小手轻轻一握，就握出一大团快乐。

温暖的，喜悦的，幸福的童年啊——

无忧无虑的执着，在村口，在麦场，在小院，在小河桥边……

抽打，抽打，这是力的欢歌。

旋转，旋转，这是精灵的舞蹈。

汗珠滴落，像一颗颗勿忘我的种子。

看啊——

那红彤彤的晚霞，激动地挥舞化妆笔，在一张张可爱的
小脸蛋上

——尽情地涂抹。

幸福的童年，就是一只旋转的陀螺。大自然的一切色
彩，都愿意给他们着色。

纸 船

小时候，我站在家乡的小河边，放逐了一只纸船。

纸船漂漂荡荡，越漂越远。

水草在水里摇曳，好像是摇着告别的手势。

水波荡漾，好像和纸船牵着手儿奔向远方。

我不知道，我是希望看到大海的模样，还是希望纸船
饱览沿途的风光。

多年后，我站在大海边，眺望。

那摇摇晃晃的桅杆和木船，慢慢驶出了我的视线。

海浪吻着沙滩，像是亲切的问候。

海风轻轻地吹着我的面颊，像是久违的亲人辨认着我
儿时的模样。

我不知道，那远去的木船是不是儿时漂远的那只纸船，

但我知道，我是从遥远的故乡的小河边跋涉而来的。

纸船，纸船，童年的梦想。

木船，木船，长大后的甜蜜和忧伤。

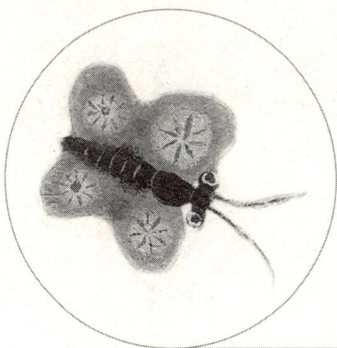

童 话

太阳不是一块明晃晃的金币，而是一只明亮的眼睛。

一个孩子说。

广阔的土地一望无边，栅栏，界碑，不能统治和占有它。

只有绿色的植物和鲜艳的花朵才能把自己的名字写满这大地。

一枚风中飘落的花瓣。

一只被折断翅膀的蝴蝶。

一队忙忙碌碌搬家的蚂蚁。

只有孩子才愿意俯下身，表达他们的怜惜，悲伤，关注，深情。

童话和童年唇齿相依。

就像植物和大地亲密无间。

倒长的树

小小的池塘边，有几棵秀丽的树。

亭亭玉立，像几个美少女。

叽叽喳喳，像是有说不完的悄悄话。

手舞足蹈，像是有道不尽的开心事。

哗啦啦，树枝摇曳。哈哈哈，树影婆娑。

她们的影子，清清楚楚地留在池塘的水面上。那绿幽幽的水，像是绿叶染过的。

看哪，水面上的树的倒影，像是倒长的树。

阳光，小鸟，微风，他们都知道——

这是爱美的美少女们，拍下的照片呀。

别怨恨

孩子，别怨恨你的母亲。

她批评你的话是那样凶狠，责备你的语气是那样沉重。

看看那小树，如果不剪去那些乱长的枝条，怎能长成参天大树？

剪枝，矫正，也是一种呵护啊，虽然有些痛，有些不舒适……

孩子，别怨恨你的母亲。

她批评你的话是那样凶狠，责备你的语气是那样沉重。

在你跌倒的时候，伸向你的那只手，是母亲的手。

在暴风雨中，给你撑起伞的人，依然是母亲。

母亲不是暴风雨，不是绊倒你的石头，不是吹进你眼睛里的那粒尘埃。

孩子，为什么要怨恨你的母亲呢？

轻轻地为你吹去那粒尘埃的人，轻轻地为梦里的你掖好被角的人，轻轻地在你身后目送你远行的人，还是母亲。

孩子，别怨恨……爱，并不都是甜蜜的呀，如同那治病的苦药一样。

雨 后

昨夜，一场暴雨，把城市变成了汪洋大海。

小车驶过，巨浪滔天，就像快艇滑过海面。

大雨如注，天和地合二为一了，就像奶奶纳的密密实实的鞋底。

所有的窗户都黑洞洞的，像是被吓坏了的孩子，大气都不敢出。

闪电狂舞，恶魔一般。乱发脾气。

第二天，太阳笑眯眯地出来了，一张干干净净的脸。

喜鹊在树枝丛中快乐地鸣叫。

草儿青青的，花儿艳艳的，天空蓝蓝的。

整个世界都被清洗过了，就连微笑和心灵都是透明的，晶莹的。

空气中，荡漾着甜蜜的歌声，洋溢着清新的芬芳。

快乐的秘密

清晨，天空阴沉沉的，好像在积聚着力量。

风儿轻轻地吹着，像是在清自己的嗓子。

花儿的嘴巴都张开了，树叶的耳朵都张开了。

我和世界，都要开始晨读了。

广场上的椅子空荡荡的，鹅卵石的小路静悄悄的。

一只麻雀，两只麻雀，三只麻雀……蹦蹦跳跳地来了。

它们亮开尖锐的嗓音，像唱歌一样开始晨读。

柳丝在摇摆，芍药在摇曳，槐树的叶子像小手在鼓掌。

世界变成了一个一个小小的方块字。

世界变成了一丝一丝颤动的气流。

麻雀们像是要和我比赛似的，越来越多地聚集，大声晨读。

我远远地躲着它们，唯恐它们会落在我的书上，和我读一样的诗歌。

慢慢地，人们开始多起来了。

散步的，打拳的，遛狗的，长跑的……

我把诗集塞进我的口袋里，微笑地注视着越来越多的人。

没有人知道，我的微笑是从哪里来的，麻雀的快乐是从哪里来的。

阳光，在草丛里跳跃

阳光，从湛蓝的天空里倾泻而下，如无边无际的大瀑布，在大声呐喊，跳跃。

清晨。雨后。

肥美的草们，像是少女们茂密的头发。

花椒树上，结满了绿色而又圆润的籽粒，像是一张张可爱的小嘴紧闭着。

向日葵，撑起一枚枚丰硕的叶片，胸有成竹地等待着那金色的流苏慢慢挂起。

空气里充满了清新的气息，泥土的，植物的，花朵的，还有太阳的气息。

明净的阴凉，凉爽的微风。

鹅卵石的小路，飘满槐树叶子的阴影，太阳金色的光影。

七月的清晨，七月的雨后。

阳光温柔的手指，在轻快地弹奏着，轻快地滑过草尖、树梢、花朵、城市的屋顶。

　　大地上，到处都是纷飞的音符。

　　大地上一切的生命，都是阳光弹出的音符。

　　明亮，温暖，清澈，芬芳。

吹泡泡

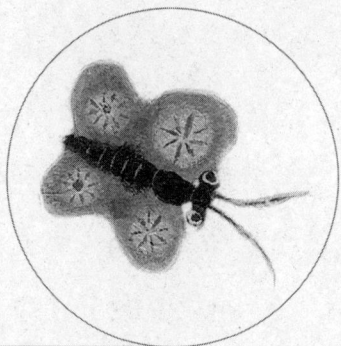

一个孩子。

手执一根金黄的麦秸秆，吹泡泡。

吹着惊喜。

夏日的天空下，太阳躲在细细的麦秸管子里，打着鼾。

村庄在做梦。

一条狗蹲在孩子的身旁，伸着舌头，似乎在说：让我吹一下，让我吹一下。

光和热，顺着光滑的麦秸管缓缓流溢。

丰收之后的宁静，放飞憧憬的快乐。

都在一个一个七彩斑斓的肥皂泡上闪烁。

简单的游戏，单纯的幸福，总在无穷的重复的热情中。

童年，轻盈得像泡泡，无忧无虑。

希望破灭，并不沮丧；新的梦想，又会诞生。

那一个个空中飞舞的泡泡，像碎裂开来的蒲公英的种子。而那孩子脸上纯洁无邪的笑容，就是盛开的花朵，饱满的果实。

在湖边，一棵柳树倒下了

在湖边，一棵柳树倒下了。

柳树的树龄很大了，整个树心都被风干了。

她歪歪斜斜地倒下，像是一个仰卧的姿势。

好像外婆睡觉的时候，喜欢枕着高高的枕头。

她望着清澈的湖水，望着环绕在她胸前的孩子。

那些大大小小的柳树的枝条，就像是她的孩子。

那些孩子，有的在低低地抽泣，有的在和风轻轻地交谈，有的面带忧伤的神色，有的无忧无虑地望着天空。

孩子就是孩子呀，他们不知道什么叫生离死别，他们不知道什么叫肝肠寸断。

柳树慈爱的目光，注视着依偎在她周围的孩子。

在湖边，一棵柳树倒下了。

就像是外婆躺在病床上一样。

在倒下的柳树的旁边，有一棵少女一样的桃树。桃树上结满了累累的果实。一颗颗圆润的桃子，就像一颗颗圆圆的泪珠，摇摇欲坠。

在湖边，一棵柳树倒下了……

花儿的世界

花儿开了。

一团团，一簇簇，一片片。就像在过狂欢节一样。

紫荆花，奇妙地开在树干的身上，像一只只小耳朵。

海棠花，羞答答的，像点点红云涂在花瓣上，它们像一只只可爱的小酒窝。

白色的丁香，紫色的丁香，细细碎碎的花瓣，像是好朋友在窃窃私语一样。

白色的樱花，红色的樱花，像是仙女衣服上的丝锦一样，光彩夺目。

这是花儿们的世界。

蒲公英紧贴着大地，笑眯眯地望着太阳，像是在朗诵一首小诗。

花儿们的世界，是色彩的世界，是芬芳的世界。

天上的星星呀，也不敢和它们比美，只有到夜晚的时候，星星们才偷偷溜出来，去花儿们的梦中走走，看看。

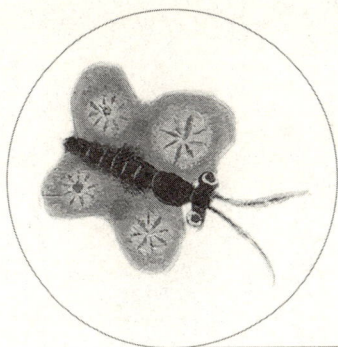

小院里的桑树

小院里的桑树，是爷爷栽下的，还是父亲栽下的？

郁郁葱葱。

在夏天，撒一地阴凉。

肥嘟嘟的桑葚，像紫色的星星，挂满了枝头。

小麻雀们快乐地唱着，啄着，品味着甜甜的夏天。

哦，坏东西，抢我的桑葚呀！

我挥舞着拳头，我挥舞着棍子，我扔着小石子。

可是，这管什么用呢？我一转身，又来一批新的麻雀。

请把这些桑葚摘下来，放进我的房间里吧。

我愿意做一条紫色的蚕宝宝，像白色的蚕宝宝吞噬着桑叶一样。我们和平共处，互不侵犯，安静地享受着各自的美味。

窗 花

年是一个可爱的小精灵，它藏在童年期盼的记忆里。

温暖的太阳点燃了瞳仁，和煦的春风吹开了笑容，梦想
的翅膀在黑褐色的窑洞里飞翔。

奶奶盘着腿，戴着老花镜，用锋利的剪刀，在红红的纸
上剪出一幅幅风景。

窗花，美丽的窗花。

美丽的窗花，开在勤劳的双手里。

年是一个淘气的小精灵，藏在漂亮的窗花里。

窗花一开，年藏不住了，一副羞答答的模样。

那只长着胡须的小老鼠，爬上灯台，东张西望。

那满树的石榴，宛如一轮轮小小的太阳。

窗花，美丽的窗花，开在童年的憧憬里。

年是一个小小的愿望，藏在五彩缤纷的窗花里。

喜鹊登枝，声声啼唤着明媚的春光，

还有如意和吉祥。

那些好吃的东西，能融化残存的檐冰。

那些崭新的衣服，能激起兴奋的尖叫声。

窗花一开，童年最喜欢的年蹦蹦跳跳就来了。

变

那个时候的天很蓝，太阳很亮，雪花很白。

夜，很黑。

如同四季，泾渭分明。

现在，我的油灯带走了一切。

书山书海，灯火辉煌，坐在我的书房里，我忐忑不安……

逝去的不仅仅是时间，老去的不仅仅是容颜啊。

图书在版编目(CIP)数据

星星的秋千 /安武林著. — 济南：山东教育出版社，2017（2018重印）

（安武林作品）

ISBN 978-7-5328-9751-3

Ⅰ.①星… Ⅱ.①安… Ⅲ.①儿童诗歌—诗集—中国—当代 Ⅳ.①I287.2

中国版本图书馆CIP数据核字（2017）第069479号

安武林作品

星星的秋千

安武林 著

李清月 绘

主　　管	山东出版传媒股份有限公司	
出 版 人	刘东杰	
出版发行	山东教育出版社	
	（济南市纬一路321号　邮编：250001）	
电　　话	（0531）82092664　传真：（0531）82092625	
网　　址	sjs.com.cn	
印　　刷	肥城新华印刷有限公司	
版　　次	2017年5月第1版　2018年2月第2版第3次印刷	
规　　格	710mm×980mm　16开	
印　　张	7.5	
插　　页	3	
印　　数	21001-31000	
字　　数	66千字	
书　　号	ISBN 978-7-5328-9751-3	
定　　价	22.00元	

（如印装质量有问题，请与印刷厂联系调换）

电话：0538-3460929